자전거 세탁기

문연 동시집

자전거 세탁기

시 · 그림 기영순

시인의 말

옹달샘의 샘물을 길어 올려놓습니다

나는 시골에서 태어났어요. 수돗물도 샘도 없는 집이었어요. 그래서 마시는 물은 옆집 샘에서 길어 오고, 냉장고가 없던 여름에는 시원한 물이 나오는, 마을과 멀리 떨어진 곳에서 마실 물을 길어 와야 했어요. 논밭 일을 하고 오시는 아버지 어머니의 갈증을 시원하게 풀어드려야 했기 때문이에요.

그 샘물은 산등성이를 돌아 산자락과 저수지 사이에 자리 잡고 있었어요. 옹달샘처럼 퐁퐁 솟아오르는 샘물인데

수풀 속에 묻혀 있고, 그 샘물은 유난히도 맑고 차가울 정도로 시원한 일급수였어요.

한낮 오후, 더위에 지친 사람들이 집에 돌아가고 아무도 없는 그 길, 산등성이를 돌아 벙벙히 차오른 저수지를 바라보며 그 옹달샘을 찾아가는 일은 쉽지 않은 길이었어요. 저수지에 사람이 빠져 죽는 일도 간혹 있었는데, "저수지 물이 울면 사람이 죽는단다", "그 물에 빠진 귀신이 저수지에서 나온다"는 말들이 어린 나를 공포에 떨게 했지만 난 그 길을 혼자 가야만 했어요. 6남매 중 다섯째 막내딸인 내가 맡은 일이 아버지의 물 수발, 막걸리 수발이었고, 아버지는 무서운 분이어서 그 일을 못 하겠다고 할 수도 없는 노릇이었어요.

하지만 무서움들을 박차고 그 샘에 도착해서 돌 틈에서 퐁퐁 솟아오르는 물 한 바가지를 내가 먼저 마셨을 때의 그 맛은, 쓸쓸함과 무서움을 이기고 간 보람을 톡톡히 주었어요. 가끔 그 샘에 흙탕물이나 낙엽이 가라앉아 있으면 바가지로 퍼내고, 밑바닥 이끼 낀 바위까지 깨끗이 씻어낸 다음, 솟아오른 샘물을 들여다보면 그야말로 내 마음이 먼저 깨끗해지곤 했어요. 내가 태어난 그 집이 허물어지고 산이 된 지금은, 여태껏 가 본 적이 없지만 그 옹달샘을 생각하면 저절로 내 마음이 맑아지고, 기분이 좋아지곤 해요. 우리 집은 가난했지만 나는 이런 추억들로 부자가 됐어요. 내가 가진 이 추억들은 너무나도 소중했거든요.

내가 사랑하는 아이들에게도 저와 같은 마음의 고향이 있었으면 좋겠어요. 30년 넘게 초등학생을 가르쳐 온 교사로서 제자들을 보며 느낀 것은 그 아이들에게도 마음의 고향이 있었으면 좋겠다는 거였어요. 코스모스가 가득 피어난 들길의 추억, 허수아비가 서 있는 들판의 추억, 파릇파릇한 보리밭을 마음껏 밟아 본 추억, 산딸기를 따 먹던 뒷산의 추억, 얼음 절벽이 생기곤 하던 앞산의 추억, 이 산에서 부르면 저 산이 대답하는 메아리의 추억, 대숲에서 나는 참새 소리의 추억, 감나무 아래 떨어진 감꽃을 주워 감꽃 목걸이를 만들던 추억, 살구꽃이 바람에 떨어지며 꽃비로 날리는 풍경에 대한 추억, 탱자꽃 하얗게 피어난 탱자 울타리를 물끄러미 바라보던 추억, 감나무 꼭대기에 매달린 까치밥에 대한 추억 등 그런 추억들이 담긴 마음의 고향을 만들어 주고 싶었어요. 현장 체험 학습을 통해 맛보는 그런 맛보기 체험이 아니라 실제로 그 마당에서, 논에서, 밭에서 뛰놀며 느낀 그 고향 말이에요. 그 고향의 옹달샘 물은 마셔도 마셔도 마르지 않는 상상의 놀이터였으니까 말이에요. 고향을, 옹달샘을 떠올린 순간 퐁퐁 솟아오르는 샘물처럼 맑게 되살아나 그 물속을 마음껏 헤엄치고 다니는 한 마리 소금쟁이가 되도록 말이에요. 내가 품고 있는 그 고향의 추억들이 나의 사랑하는 아이들에게도 마음의 고향이 되었으면 하는 바람에서 이 동시를 썼어요.

내가 동시를 쓰면서 느끼는 마음은, 그 옹달샘을 흐리게 하던 건더기들을 걷어내고, 밑바닥 바윗돌의 이끼마저 벗겨내고 난, 퐁퐁 솟아오른 맑고 깨끗한 샘물을 대할 때의 마음이에요. 그 옹달샘의 샘물을 동시로 길어 내가 사랑하는 모든 아이들에게 한 바가지씩 마시게 하고 싶은 마음으로 동시를 썼어요.

부디 나의 동시가 내 고향의 옹달샘을 흐리게 하는 흙탕물이 되지 않기를 간절히 바라면서, 가슴 속에 오래 품고 있던 추억들을 조심스럽게 세상에 내놓아 봅니다.

2021년 겨울
기영순

차례

2부 염색공장

3부 탱자나무 집에 대한 보고서

4부 슬기로운 학교생활

1부

자전거 세탁기

죽순에게

누가 꺾어갈까 봐
갑옷 입었구나.
나도 그랬단다.

비바람 조금만 견디고 나면
시퍼런 각오로 솟아오르는 네 몸
아무도 건드리지 못해.

이제 나는 죽도를 품고 있어.
아무것도 두렵지 않아.
너도 나처럼
푸른 죽도 한 자루 품게 될 거야.

대숲

대숲은 소리 전시장이다.
무심코 지나가던 바람
여치 쓰르라미 귀뚜라미 울음소리
참새 멧새 뱁새 지저귀는 소리
아침이슬 맺혔다 떨어지는 소리
끼리끼리 부딪는 소리까지
대숲은 소리로 가득해도
그 소리는 가지런히 뻗은 대나무처럼
가지런하다.

다람쥐 오르내리는 소리
토끼 귀 쫑긋거리는 소리
고슴도치 털 세우는 소리
달빛에 댓잎 스치는 소리
별빛이 대나무 가지 간질이는 소리

햇빛이 부서지는 소리까지
대숲은 끼리끼리 온통 소리로 가득해도
댓잎만 요리조리
고개 젓고 만다.

대숲은 소리 전시장
온갖 소리 지나가도
물처럼 맑게 흐른다.

풍선들의 놀이터

높이-, 더 높이-

멀리-, 더 멀리-

올

라

가

면

시끌벅적한

놀이터가 있을 거야.

풍선들만 다니는

알록달록한

학교가 있을 거야.

마우스

놀아도
놀아도
같이 놀고 싶은
생쥐
한 마리.

놀면
놀수록
함께 더 놀고 싶은
내 손 안의 날쌘
생쥐 한 마리.

빵에 대하여

빵빵—
빵이
빵빵하게 익었구나.

빵빵—
빵이
빵빵하게 부풀었구나.

빵빵—
빵을
빵빵하게 먹어볼까.

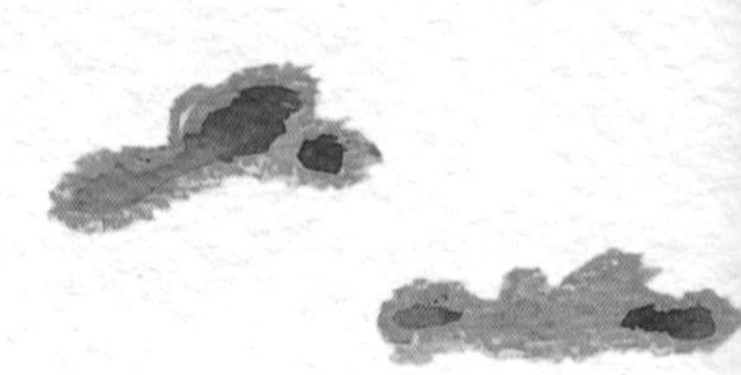

솜사탕

구름이
아냐.

풍선도
아냐.

부풀어 오른
내 꿈이야.

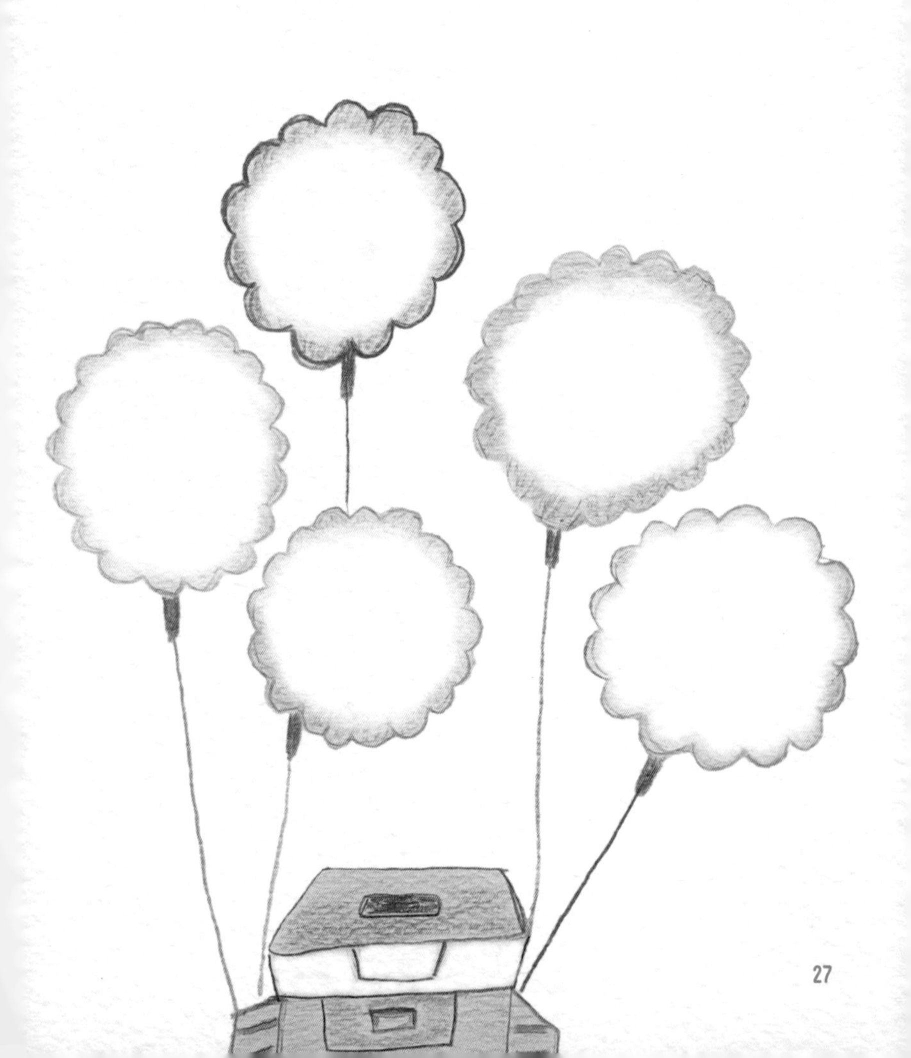

팽이 생각

똥구멍을 세워 발레하는 건
나밖에
없을걸.

똥구멍으로 서서 브레이크댄스를 추는 건
나밖에
없을걸.

똥구멍으로 서야만 박수받는 것도
나밖에
없을걸.

신발에게

너도 생각이 있겠지
가고 싶은 곳도 있겠지
쉬고 싶을 때도 있겠지
밟기 싫은 곳도 있겠지

너 하고 싶은 대로 하렴
너 가고 싶은 대로 가렴
놀 만큼 놀아보렴,
네가 가는 곳이면 어디든 괜찮아

신을수록 편해지는 마법,
신발.

소금

내 고향 서해 바다
푸른 물결
보고 싶어.

젖은 내 몸
말려 주던
눈부신 햇빛도
보고 싶어.

이리 뒤척
저리 뒤척
잠 못 들던 밤들이
하얀 추억으로 쌓였어.

절인 배춧잎에게
바다의 안부를 물어보니
말없이 꼬옥
안아 주었어.

여름비 한 사발

쏟아지는
여름비
한 사발
담아다가
냉면처럼
후루룩
말아 먹었으면

왜가리에게

왜가리야

너는

왜?

왜가리니?

왜가리야

너는

왜?

왼발만 가리니?

강아지풀

풀밭에
잔치가 열렸어요.
온 동네 강아지들
꼬리 꼬리 흔들며
달려왔어요.

쐐기풀 억새풀 비름 쇠비름
차린 음식이 하도 많아서
강아지들 꼬리
즐겁게 흔들어요.

오늘은 풀밭에
풀빛 잔치 열린 날
강아지들 짖지도 않고
꼬리 흔들며 손님맞이에 바빠요.

자전거 세탁기

자전거를 탄다.
햇살을 굴린다.

땀 배인 바지
물감 묻은 셔츠
남겨진 숙제
엄마 꾸지람
모두 싣고서

바큇살 가득
바람 세제를 풀어
버블버블
바퀴를 돌린다.

빠른 세탁코스
27분
바퀴는 떼굴떼굴
잘도 굴러간다.

바큇살 따라 햇살 따라
내 마음도 씽씽
굴러서 간다.

2부

염색공장

염색공장

봄은
염색공장

잿빛
겨울 들판을

연둣빛, 연둣빛으로
연분홍, 연분홍으로

염색해
놓았다.

풀잎의 삶에 대하여

이슬을 머금지 않으면
그냥 풀이다.

이슬을 머금어야
진짜 풀이다.

바람이 불지 않으면
그냥 풀이다.

바람이 불어야
진짜 풀이다.

이슬 맞고 바람 맞아야
비로소 풀잎이다.

관찰일기

봄비는
자박자박
내리고

새싹은
삐죽삐죽
자라고

소나기는
후드득
쏟아지고

토란잎은
끄덕끄덕
절하고.

제비꽃 필 때

제비꽃
핀다.

강남 제비
날아온다.

제비꽃
진다.

봄날이
간다.

살구꽃

우리집 앞마당에
분홍등이 켜졌다.
구석구석
음지양지
환하게 켜져 있다.
그런데 한밤중엔
왜
불이
안 들어오지.
내일 아침
살구나무에게
꼭, 물어봐야겠다.

5월

풀풀
풀냄새가 나는
달

초록으로
물든
달

바람도 화들짝
초록으로 물든
달

햇빛마저
초록으로 세수하는
달.

즐거운 5월

아이가 놓친
풍선 하나
하늘 높이
날아간다.

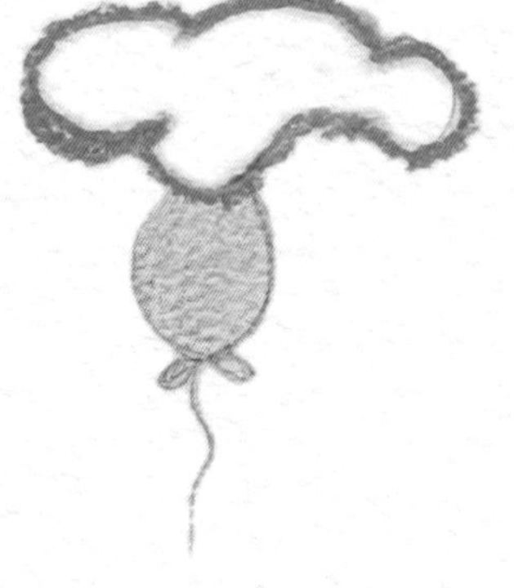

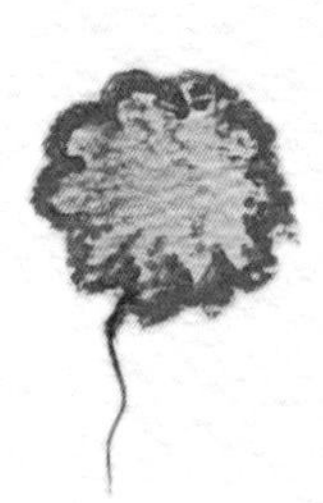

아이 눈이
하늘만큼
넓게 넓게
넓어진다.

아저씨가
솜사탕을 만든다.
뭉게뭉게
만든다.

아이 눈에
뭉게구름이 흘러간다.
하늘만큼
높이 높이.

종이배

종이배 하나가
강의 길이를 알아보려고
구름처럼
떠내려간다.

종이배 하나가
어디까지 흘러갈 수 있나 알아보려고
오리처럼
떠내려간다.

종이배 흘러흘러
어디로 가나
강길이가 궁금해서
흘러서 간다

종이배 흘러흘러
어디로 가나
어디만큼 갈 수 있나
떠내려 간다.

가을바람

흔들리는 나뭇잎이
아름다운 것은
바람 때문이다.

코스모스 꽃잎의
하늘거림도
바람 때문이다.

들국화의 미소가
환한 것도
바람 때문이다.

바람 때문에
가을은 온통
설레는 것이다.

홍시

수백 수만 개의
배꼽이 떨어진다.

감나무가
아기를 낳는다.

햇볕과 바람이
아기를 키운다.

햇빛 바람 잔뜩 먹고
그 아기 빨갛게 익었다.

안 먹는다, 안 먹어

감나무 가지에
홍시 하나
대롱대롱
매달려 있다.

까치와 내가
그 홍시를 놓고
두 눈 뚫어지게
눈씨름을 하고 있다.

먹을까
말까
먹을까
말까

꼼짝도 않고

나를

쏘아보는

까치 눈동자

그래, 안 먹는다
안 먹어.
치사해서
안 먹는다, 안 먹어.

눈 오는 날

함박눈이
내린다.
종일
내린다.

백구가
진짜
백구가
된다.

나도
저절로
눈사람이
된다.

겨울 강

겨울 강은
참 따뜻할 거야.
아무리 추워도
얼음장 밑에서
옷도 입지 않고 붕어들이
신나게
노는 걸 보면.

겨울 강은
퍽 안전할 거야.
내가 다가가도
두꺼운 얼음장 밑에서
망보는 친구도 없이 송사리들이
즐겁게
노는 걸 보면.

3부

탱자나무 집에 대한 보고서

귀뚜라미

귀뚜르르르르르
여름벌레
울음주머니를 기우고

귀뚜르르르르르
벌레 먹은
나뭇잎을 기우고

귀뚤 귀잇뚤
차마 겨울 문턱 앞에선
바느질 멈추고.

저물녘

민들레꽃이 먼저 숨네.
패랭이꽃이 뒤따라 숨네.
자운영꽃도 뒤따라 숨네.
나도 뒤따라 숨네.
내일 아침까진
우리 모두가 술래.
밤새 숨바꼭질하겠네.

반딧불이의 꿈

반짝반짝 반짝이는
별이
될 테야.

흔들흔들 불 밝히는
호롱불이
될 테야.

요리조리 조리요리
밤새도록
술래잡기하다가

어! 벌써 날이 밝았네.
얼른
집으로 돌아가야지.

자벌레

오므렸다 폈다
한 뼘 두 뼘
어디를 가나
폈다 오므렸다

한 뼈엄 두 뼈엄
오므려었다 펴었다
펴었다 오므려었다
나아, 뒤잉구네
벌러덩!

궁금한 오리

참새는
짹짹짹

멧새는
비빗비빗

닭은
꼬꼬댁 꼬꼬

그런데 오리는
뭐가 그리 궁금한 걸까?

자나 깨나
왜? 왜? 왜? 왜?

멸치의 호통

쪼끄맣다고
나를
무시하지 마.
나를 먹어야
네 키가
커.
나를 먹어야
네 뼈가
더
단단해져.
그래야
어른이 될 수
있어.
선생님도 되고
장군도 되고

비행기를 몰고
선장이 되어
바다를
호령할 수도
있어.

까닭

바람이 부는 까닭은
마음의 파도가
출렁이기 때문이다.

나뭇잎이 흔들리는 이유는
건드리는 바람이 싫다고
나뭇잎이 고개를 내젓기 때문이다.

바닷물이 출렁이는 까닭은
파도를 멈추라고
바닷물이 막아서기 때문이다.

재능기부

닭에겐
물갈퀴를 빌려주자.
거북이에겐
토끼발을 빌려주자.
벌레들에겐
달팽이집을 지어주자.

그런 나를 보고
오리와
거북이와
벌레들이
환하게 웃는다
왁자지껄 웃는다.

탱자나무 집에 대한 보고서

참새는 세 들 수 없어.
멧새도 세 들 수 없어.
뱁새도 세 들 수 없어.

바람은 세 들 수 있어.
햇빛도 세 들 수 있어.
달빛도 세 들 수 있어.

세상에서 가장 안전하고
단단한
탱자나무 집.

대나무

한 마디
두 마디
말할까 말까

참새에게
토끼에게
다람쥐에게

하고픈 말
마디 마디
새겨두고서

하늘 향해
우뚝 선
대나무

붕어빵

붕어 잡으러
아빠랑 낚시터에 갔다.

하루 종일 빈 낚싯대만
올렸다 내렸다.

집에 오는 길에
붕어빵을 한 봉지 샀다.

늦게라도
붕어를 잡아서 다행이다.

파도가 바다가 되는 과정에 대한 관찰 조사서

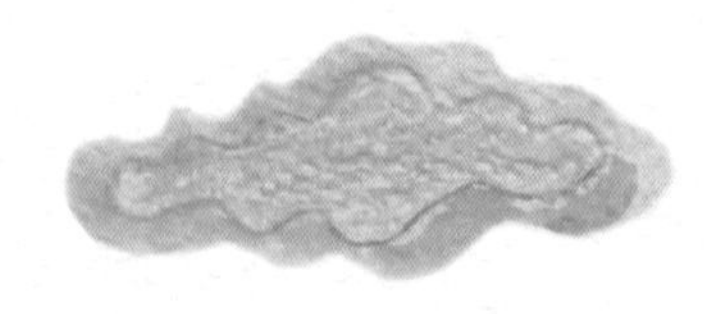

햇빛이 모여서
잔물결 되고

잔물결이 모여서
큰 물결 되고

큰 물결이 모여서
밀물이 되고

밀물이 모여서
썰물이 되고

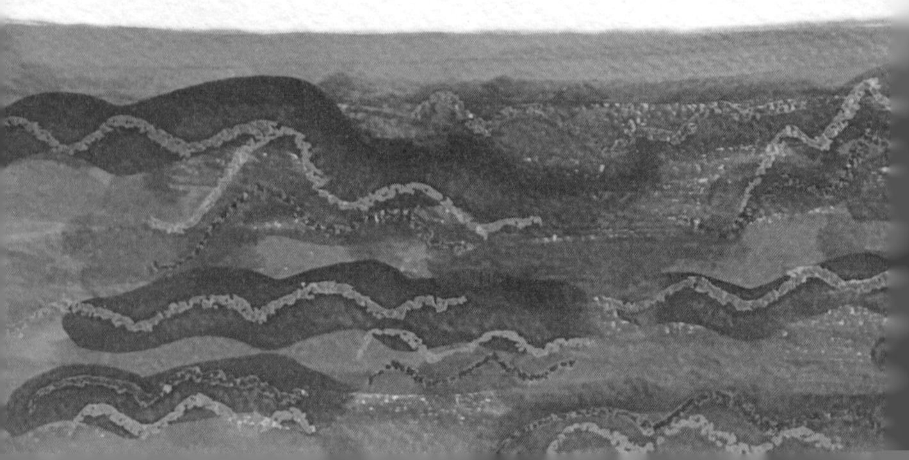

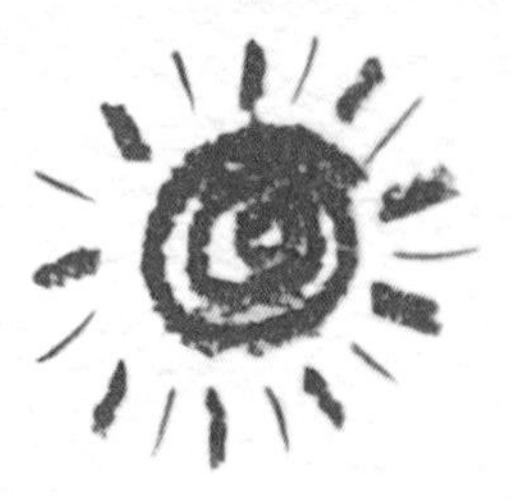

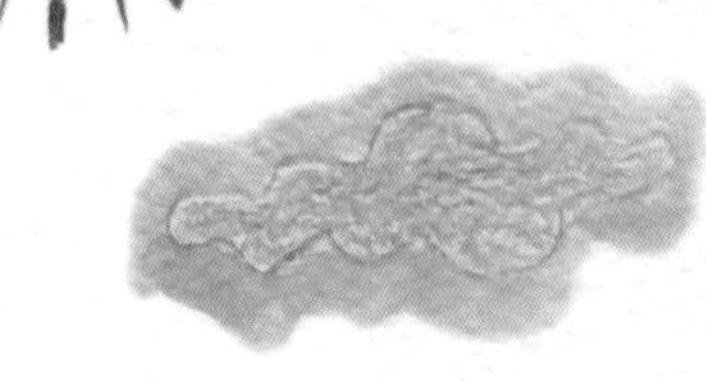

밀물 썰물이 모여서
큰 파도 되고

큰 파도가 모여서
수평선 되고

수평선이 모여서
바다가 된다.

옹달샘

산줄기 따라
스며 내려오는 동안
산속의 이야기
주섬주섬
옆구리에 끼우고

물줄기 따라
솟아오르는 동안
땅 밑의 이야기
올망졸망
허리춤에 매달고

샘가를 따라
돌고 도는 동안
산짐승의 이야기
주렁주렁
바가지에 퍼담은

맑은 물
한 보따리.

4부

슬기로운 학교생활

집콕

코로나19엔
집콕이 최고
놀 때도 집콕
공부할 때도 집콕.

심심해서
내가 집 밖으로 나가려 하면
엄마 대신 앵무새가
집콕 집콕.

그래도 나가겠다고 하면
엄마 대신 구관조가
마스크 꼭
마스크 꼭.

오리도 덩달아
꽥
집콕
집콕.

근데
오리야,
너도
새 맞니?

새로운 공부법

선생님이 보내줬, 줌
컴퓨터 켰, 줌
선생님이 설명해줬, 줌
내가 발표했, 줌
선생님을 직접 못 봐 재미없, 줌
친구들도 직접 못 봐 심심했, 줌
그래도 어쩔 수 없, 줌
코로나19야
빨리 좀 물러가, 줌
새로 생긴
줌(zoom), 공부법
하고 싶지 않은
줌(zoom) 공부법.

슬기로운 학교생활

급식 시간엔
야금야금.

복도에선
살금살금.

화장실이 급할 땐
엉금엉금.

공부 시간엔
저요 저요.

슬기로운 나의
학교생활.

생각 구름

뭉게뭉게
피어오르다가

먹구름
한 보따리

새까맣게
풀어놓았다가

"오늘 받아쓰기 시험
진수만 100점 맞았다"

선생님
한마디에

푸른 하늘 저편으로
새털 되어 날아가는

생각 구름
뭉게 구름.

꿈이 크는 법

공부할 때도
꿈틀꿈틀

동화책 읽을 때도
꿈틀꿈틀

잠잘 때도
꿈틀꿈틀

잠시도 쉬지 않고
꿈틀꿈틀

우리들의 꿈은
그렇게 크는 거야.

영어 공부하기

감기에 걸렸다.

에이—

취—

A—

H—

코가 영어를 한다.

콧구멍이

알파벳을 읽는다.

우정에 대하여

너의 왼손과
나의 오른손을 맞대면
하트가 되지.

너의 오른손과
나의 왼손을 맞대면
날개가 되지.

그 날개, 그 하트로
우리 영원히
함께 날자.

술래잡기

비밀이 생겼을 땐
술래잡기를 하자.

가위 바위 보
이겨서

꼭꼭 숨어 보자.
비밀도 숨겨보자.

그런데 내가
술래면 어떡하지?

간니

앞니 한 개
빠질 때
옹알이하던 말 조각이
쏙 빠져나갔다.

앞니 두 개
빠질 때
어리광부리던 말 덩어리도
함께 빠져버렸다.

새싹처럼 올라오는
새 치아들 사이로
제법 어른스런 말 마디가
새어 나왔다.

나의 꿈

어느 여름날
별을 헤다가
잠이 든 날 밤에 만난
윤동주 시인.

—하늘을 우러러
한 점 부끄럼 없기를 바란
시인을
닮고 싶어요.

—매일매일 거울 보고
거울에 비친 네 얼굴이
시가 되게
살아보렴.

꿈 이야기를 들은
선생님은
가만히

내 머리를 쓰다듬어 주셨어요.

누가 누가 더 게으를까?

엄마가 책상 정리하라고 했는데
어제도
오늘도
바라만 보고 있다.

엄마가 내방 정리하라고 했는데
어제도
오늘도
손 놓고 있다.

손과 눈
눈과 손
누가 누가
더 게으른 걸까?

뽀송뽀송

갓 세수한
아가 볼이
뽀송뽀송.

햇볕에 잘 마른
빨래가
뽀송뽀송.

깨끗이 빨아 말린
운동화도
뽀송뽀송.

수박 먹고 잠든 날 아침
내 이부자리도
뽀송뽀송했으면.

생각의 무게

생각의 무게는
무척
무겁다.

적어놓지 않으면
머리가
더욱 무거워진다.

적어놓아야 비로소
머리가
가벼워진다.

내가
날마다
일기를 쓰는
이유다.

공부 시간에

내가

열심히 필기하는

까닭이다.

동안,

꽃을 바라보는 동안,
아이는
식물학자다.

개미를 관찰하는 동안,
아이는
곤충학자다.

별을 관측하는 동안,
아이는
천체과학자다.

하늘을 우러르는 동안,
아이는
우주다.

아이와 함께 굴리는 동심의 바퀴

유강희(시인)

기영순 시인의 두 번째 동시집 《자전거 세탁기》를 보다 잘 이해하기 위해선 이번 동시집에 실린 〈시인의 말〉을 꼼꼼히 읽어보는 게 먼저 필요하다. 이 글엔 시인이 왜 동시를 쓸 수밖에 없는지, 또 동시를 통해 무엇을 추구하는지가 비교적 소상하게 언급되어 있기 때문이다. 그러니까 기영순 시인의 동시 비밀이 이 안에 숨겨져 있다고 해도 과언이 아닐 것이다. 다음은 〈시인의 말〉 일부다.

샘에 흙탕물이나 낙엽이 가라앉아 있으면 바가지로 퍼내고, 밑바닥 이끼 낀 바위까지 깨끗이 씻어낸 다음, 솟아오른 샘물을 들여다보면 그야말로 내 마음이 먼저 깨끗해지곤 했어요. 내가 태어난 그 집이 허물어지고 산이 된 지금은, 여태껏 가 본 적이 없지만 그 옹달샘을 생각하면 저절로 내 마음이 맑아지고, 기분이 좋아지곤 해요. 우리 집은 가난했지만 나는 이런 추억들로 부자가 됐어요. (…)

내가 동시를 쓰면서 느끼는 마음은, 그 옹달샘을 흐리게 하던 건더기들을 걷어내고, 밑바닥 바윗돌의 이끼마저 벗겨내고 난, 퐁퐁 솟아오른 맑고 깨끗한 샘물을 대할 때의 마음이에요. 그 옹달샘의 샘물을 동시로 길어 내가 사랑하는 모든 아이들에게 한 바가지씩 마시게 하고 싶은 마음으로 동시를 썼어요.

어릴 적 먼 길을 걸어 떠오던 옹달샘을 들여다보면 마음이 먼저 깨끗해졌다는 시인의 진솔한 고백은 귀를 솔깃하게 만든다. 이어 동시를 쓰면서 느끼는 마음은 그 맑은 샘물을 대할 때의 마음이라는 것. 그리고 그 옹달샘의 샘물을 동시로 길어 올리겠다는 시인의 다짐으로 〈시인의 말〉을 채우고 있다.

그렇게 길어 올린 동시의 샘물을 세상의 모든 아이들에게 한 바가지씩 마시게 하고 싶다는 시인의 간절한 바람이 이 글에 배어 있다. 그 마음의 가지가 모여 이번 동시집의 '맑고 깨끗한' 두께가 되었으리라. 재미있는 사실은 이번 동시집에 '옹달샘' 제목의 시가 한 편 실려 있다는 점이다.

산줄기 따라
스며 내려오는 동안
산속의 이야기
주섬주섬
옆구리에 끼우고

물줄기 따라
솟아오르는 동안
땅 밑의 이야기
올망졸망
허리춤에 매달고

샘가를 따라

돌고 도는 동안

산짐승의 이야기

주렁주렁

바가지에 퍼담은

맑은 물

한 보따리

–〈옹달샘〉 전문

이 옹달샘은 지상(산속)과 지하(땅속)를 두루 거치는 동안 "주섬주섬" "올망졸망" "주렁주렁" 이야기를 담게 된다. 그러니까 그냥 '맑은' 샘물이 아니고 '이야기'의 샘물이며 그게 "맑은 물/ 한 보따리"가 되었다는 것이다. 여기에 기영순 동시의 비밀이 살짝 드러난다. 어떻게 그 많은 '이야기'가 맑을 수 있을까. 세상의 크고 작은 기쁘고 슬픈 이야기를 모두 담자면 자연히 탁할 수밖엔 없을 것이다. 그럼에도 '맑은 물 한 보따리'라고 말하는 데는 이 옹달샘의 숨은 역설을 말한다고 볼 수 있다. 그건 흐리고 불순한 것들을 걸러내는 정화의 힘, 깨끗하고 맑은 동심의 힘을 믿기 때문이다. 그런 역설이 〈옹달샘〉에 돌돌 똬리 틀고 있는 게 아닐까.

이번 동시집은 아이들 생활과 자연 관찰에서 얻은 발견이 주를 이룬다. 먼저 아이들 생활(현실)을 다룬 시부터 보기로 하자. 팬데믹 시대에 아이들은 어떻게 지낼까. 무엇보다 걱정되고 궁금하다. 시인은 〈집콕〉 〈새로운 공부법〉 〈누가 누가 더 게으를까〉 등의 시를 통해 아이들의 일상을 세밀하게 잡아낸다. 힘든 하루하루를 보내는 게 일과가 되었지만 그런 와중에도 아이들은 여전히 생기 있고 발랄하다.

선생님이 보내줬, 줌
컴퓨터 켰, 줌
선생님이 설명해줬, 줌
내가 발표했, 줌
선생님을 직접 못 봐 재미없, 줌
친구들도 직접 못 봐 심심했, 줌
그래도 어쩔 수 없, 줌

코로나19야

빨리 좀 물러가, 줌

새로 생긴

줌(zoom), 공부법

하고 싶지 않은

줌(zoom) 공부법.

–〈새로운 공부법〉 전문

초등학교 교사인 시인이 아이들과 줌으로 하는 수업을 소재로 쓴 시다. 아이들의 톡톡 튀는 말법과 어려움 속에서도 웃음을 잃지 않는 유머가 돋보인다. 아이들 실생활에 밀착하지 않고는 쓰기 힘든 현장의 감각을 잘 보여 준다.

이런 삶에 대한 용기와 응원 그리고 세상을 향한 넉넉한 긍정은 기영순 시인의 한 특징이다. "시퍼런 각오"가 있어야 "아무도 건드리지"(〈죽순에게〉) 못하고 "이슬 맞고 바람 맞아야/ 비로소 풀잎"(〈풀잎의 삶에 대하여〉)이 된다. 이번 동시집에선 바람에 대한 다양한 변주도 엿볼 수 있는데, 이는 한 현상에 대한 의미의 고착을 경계하는 시인의 남다른 시적 안목에서 비롯된 것이리라. 〈홍시〉 〈가을바람〉〈까닭〉 등에서 나타나는 바람에 대한 긍정, 모순, 조화(균형)의 성격이 바로 그것이다. 이렇듯 자연의 다양한 속성을 바람의 여러 이미지를 통해 간단명료하게 보여준다. 특히 〈붕어빵〉〈꿈이 크는 법〉에선 따뜻한 시선이 주는 긍정의 힘이 각별하다.

그런가 하면 "쪼끄맣다고/ 나를/ 무시하지 마."(〈멸치의 호통〉)라고 세상을 향해 당당히 외치기도 한다. 아무리 작고 보잘 것 없는 존재라도 각자의 자리에서 모두 쓸모 있음을 대변한다. 더불어 고난과 역경을 딛고 일어서야만 진정한 어른으로 거듭날 수 있음을 뜻한다. 존재론적 차원에서 접근한 〈탱자나무 집에 대한 보고서〉도 특별히 주목을 요한다.

기영순 시인의 이런 품 넓은 시선은 어디에 근원을 두고 있는 것일까. 전통 농경사회의 토대인 공동체 의식에서 찾아볼 수 있지 않을까. 그 점은 품앗이의 현대적 변용인 재능기부에서 쉽게 발견된다. 이는 요즘 사회적 이슈가 되고 있는 나눔의 한 방식이다.

닭에겐

물갈퀴를 빌려주자.

거북이에겐

토끼발을 빌려주자.

벌레들에겐

달팽이집을 지어주자.

그런 나를 보고

오리와

거북이와

벌레들이

환하게 웃는다

왁자지껄 웃는다.

-〈재능기부〉 전문

예부터 부족한 부분을 서로 채워주는 게 우리의 아름다운 풍습이다. 개인적 이기주의가 만연한 오늘날, 이런 마음은 귀하고도 상찬받아 마땅하다. 이 신선한 발상 자체가 동심의 순수한 발로이기에 가능하다. 이걸 단순히 허

무맹랑한 생각이라고 치부해선 안 될 것이다. 이러한 마음이 세상의 변화를 이끌고 좀 더 나은 미래를 앞당기는 든든한 밑거름이 되리라 믿는다.

아이들의 자연스러운 호기심과 엉뚱함을 드러낸, 〈생각의 무게〉 〈종이배〉 〈살구꽃〉 〈궁금한 오리〉 등도 동심을 잘 포착한 경우다. 이들 작품에선 저절로 웃음이 뱅글뱅글 돈다. 이에 반해 〈우정에 대하여〉는 아이들의 성장과정에서 겪는 고민의 한 단면을 우회적으로 보여 준다.

이번 동시집에선 말놀이의 일종인 아크로스틱(acrostic)의 변형과 단순화로 볼 수 있는 시들도 눈에 띈다. 같은 단어의 반복과 놀이적 요소의 결합이 만들어내는 리듬과 말맛이 동시 읽는 재미를 북돋운다. 이런 유의 시로, 〈팽이 생각〉 〈빵에 대하여〉 〈왜가리에게〉 〈5월〉 〈뽀송뽀송〉 등을 들 수 있다.

똥구멍을 세워 발레하는 건
나밖에
없을걸.

똥구멍으로 서서 브레이크댄스를 추는 건
나밖에
없을걸.

똥구멍으로 서야만 박수받는 것도
나밖에
없을걸.

–〈팽이 생각〉 전문

이 시는 팽이의 뾰족 나온 부분을 똥구멍이라고 본 점이 새롭고 흥미롭다. 팽이를 소재로 한 시가 대개 팽이의 꼿꼿이 서서 도는 힘과 동력을 다한 팽이의 순간 쓰러짐에 집중했다면 이 시는 좀 더 세밀한 시선으로 포착한 팽이의 구체를 노래한다. 그 구체는 발레의 아슬아슬한 발가락 끝과 팝핀 댄스의 아찔한 헤드스핀을 연상케 한다. 그런 자세는 하루아침에 이루어지는 게 아닌 오랜 수련의 결과다. 그 노력과 인내를 '똥구멍'이라고 하는 누구나 알기 쉽고 실감나는 이미지로 받쳐 세우고 있다는 점이 시인의 예사롭지 않은 시적 연륜을 짐작케 한다.

이러한 시적 태도는 대상에 대한 특별한 관심과 관찰에서 기인한다. 특히 자연을 소재로 한 시에서 시인만의 개성적 면모가 더욱 두드러진다.

봄비는
자박자박
내리고

새싹은
삐죽삐죽
자라고

소나기는
후드득
쏟아지고

토란잎은
끄덕끄덕
절하고.

-〈관찰일기〉 전문

기영순 시인의 두 번째 동시집은 크게 자연(세상)을 향한 〈관찰일기〉로 볼 수 있다. 이 시는 "저절로/ 눈사람"이 되고 마는 〈눈 오는 날〉과 함께 자연을 깊이 겪어낸 사람만이 도달할 수 있는 경지를 보여 준다. 단 몇 마디로 비 내리는 봄의 파릇한 정경을 콕 집어낸다. 화려하진 않지만 고졸한 음성상징어도 제 자리를 찾아 알맞게 놓인다. 〈저물녘〉에선 자연에 순응하는 마음을 민들레와 패랭이, 자운영 꽃이 차례로 숨는 것으로 표현되고, 〈반딧불이의 꿈〉에선 "집으로 돌아가"는 것으로 제시된다. 〈안 먹는다, 안 먹어〉는 홍시를 두고 까치와 한판 대결(?)을 벌이는 동심이 꾸밈없이 드러난다. 그런가 하면 〈자벌레〉의 "나아, 뒹구네/ 벌러덩!"은 핍진한 관찰(살핌)이 아니면 결코 얻을 수 없는 장면이다. 기영순 시인의 장기인 재치와 웃음이 여기서도 또렷이 빛을 발한다.

또한 이번 동시집은 기영순 동시가 지향하는 궁극의 지점을 엿볼 수 있다는 점에서도 의미롭다. 〈나의 꿈〉은 〈옹달샘〉과 함께 그 비밀의 열쇠가 숨겨져 있다. "하늘을 우러러/ 한 점 부끄럼 없기를 바란/ 시인을" 닮고 싶다는 구절이 그것이다. 윤동주 시인의 부끄러움을 아는 동심은

곧장 〈옹달샘〉의 “맑은 물/ 한 보따리”로 연결된다. 그리고 이 ‘하늘’과 ‘맑은 물’은 이지가 〈동심설〉에서 말한 “어린 아이는 사람의 처음 모습이요, 동심은 마음의 처음 모습이다.”와 통한다.

이렇게 동심의 근원을 하늘과 맑음에서 찾는 시인의 간구가 “하늘을 우러르는 동안”(〈동안,〉)으로 이어지고, 마침내 “하늘 향해/ 우뚝 선/ 대나무”(〈대나무〉)가 된다. 이 마음이 “하늘만큼/ 넓게 넓게/ 넓어”져서 “하늘만큼/ 높이 높이/ 흘러”(〈즐거운 5월〉) 가기를 꿈꾸게 된다. 그리하여 시인은 “나의 동시가 내 고향의 옹달샘을 흐리게 하는 흙탕물이 되지 않기를 간절히”(〈시인의 말〉) 염원하게 된다.

자전거를 탄다.
햇살을 굴린다.

땀 배인 바지
물감 묻은 셔츠
남겨진 숙제
엄마 꾸지람

모두 싣고서

바큇살 가득
바람 세제를 풀어
버블버블
바퀴를 돌린다.

빠른 세탁코스
27분
바퀴는 떼굴떼굴
잘도 굴러간다.

바큇살 따라 햇살 따라
내 마음도 씽씽
굴러서 간다.

-〈자전거 세탁기〉 전문

이번 동시집의 표제작인 이 시는 기영순 시인의 동심관이 잘 드러나 있다. 알다시피 자전거는 두 바퀴로 굴러간다. 앞바퀴는 '아이'로, 뒷바퀴는 '어른'의 은유로 읽힌다. 이 자전거를 타고 가는 아이는 '동심'의 다른 표상이다. "땀 배인 바지"도 "엄마 꾸지람"도 자전거를 타고 가는 동안 모두 깨끗하게 세탁이 된다. 비로소 동심에 의한 '헹굼'이 이루어지는 것이다. 이를 통해 우리는 이전과는 다른 새로운 존재로 거듭나게 된다. 세상을 처음 대하듯 우리 내면으로부터 맑고 투명한 눈[眼]이 움트게 된다.

기영순 시인의 두 번째 동시집 《자전거 세탁기》는 동심이 곧 하늘임을 일깨워 준다. 어린이들에겐 자신을 비추는 마법 같은 신기한 거울이 되고, 어른들에겐 잃어버린 동심을 길어 올리는 맑고 깨끗한 옹달샘이 되어 주리라.

유강희(柳康熙)

1987년 서울신문 신춘문예에 시가 당선되어 등단했다. 동시집 《오리 발에 불났다》《지렁이 일기 예보》《뒤로 가는 개미》《손바닥 동시》《무지개 파라솔》, 시집 《불태운 시집》《오리막》《고백이 참 희망적이네》 등을 냈다.

자전거 세탁기

초판1쇄 2021년 12월 6일

지은이 기영순
펴낸이 정용숙
펴낸곳 ㈜문학연대

출판등록 2020년 8월 4일(제 406-2020-000088호)
주소 경기도 파주시 헤이리마을길 24, 2층
전화 031-942-1179
팩스 031-949-1176

ISBN 979-11-6630-089-9(03810)

만든이들 편집공방, 허정인, 변영은